AF595514

Feira dos Coracões
Ulrich Germania

Impressão

Título do livro:
Feira dos Corações

Subtítulo:
História de amor fofa no parque de diversões

Série:
Encontros Românticos no Parque de Diversões.

KI-Notas:
História de IA iniciada e revisada pelo autor. Traduzida do alemão para o português brasileiro por uma IA.

Autor:

Editora:
BoD · Books on Demand GmbH, Überseering 33,
22297 Hamburg, bod@bod.de

Pressão:
Libri Plureos GmbH, Friedensallee 273,
22763 Hamburg

ISBN: 978-3-8192-2685-4

Tabela de conteúdo

Notas:

Créditos das fotos:

As imagens da capa do livro e as ilustrações do livro foram geradas por IA e modificadas usando programas de manipulação de fotos.

Tradução:

A história deste livro foi traduzida do alemão para o português brasileiro por uma IA. A tradução foi verificada e aprimorada novamente por outra IA.

Contato com o autor:

Ulrich.Germania@online.de

O parque de diversões

As luzes do parque de diversões brilharam na noite, transformando a praça em um mar de cores e brilho. Fios coloridos de lâmpadas se estendiam como guirlandas brilhantes entre as atrações, enquanto a música das atrações enchia o ar com uma mistura de música pop e vozes animadas.

As pessoas estavam aglomeradas por toda parte: famílias com crianças, grupos de adolescentes e casais de todas as idades. Todos tinham vindo para escapar da vida cotidiana por algumas horas e mergulhar no mundo mágico do parque de diversões.

A roda-gigante girava majestosamente na borda da praça, oferecendo aos passageiros uma vista de tirar o fôlego do cenário cintilante. Ao lado dela, um chapéu mexicano fazia seus passageiros rodopiarem no ar, acompanhados de gritos entusiasmados.

Os carrinhos de bate-bate, cercados por luzes de neon piscantes, eram um ímã para os jovens que corriam uns atrás dos outros nos carros coloridos.

As barracas se alinhavam entre as atrações: barracas de tiro ao alvo atraíam os visitantes com prêmios de pelúcia e tômbolas prometiam muita sorte.

O aroma de amêndoas torradas, pipoca fresca e salsichas salgadas se espalhava sedutoramente pelo local, enquanto as batatas fritas eram fritas no óleo e o churrasco era grelhado nas barracas de comida. O cheiro suave de algodão doce se misturava ao cheiro de cerveja das barracas de cerveja do festival.

A atmosfera era eletrizante. Risos e música se misturavam em um crescendo alegre enquanto os visitantes passavam de uma atração para outra. Cada canto da feira prometia uma nova aventura, uma nova chance de diversão e emoção.

À medida que a noite avançava, a feira parecia ganhar mais vida. As luzes brilhavam mais intensamente, a música ficava mais alta.

Era um mundo próprio, um oásis de alegria e leveza que cativava todos os visitantes e prometia a magia do prazer atemporal.

Lisa e Ana

Naquela noite agradável de sábado, Lisa e Ana estavam sentadas no apartamento que compartilhavam no centro da cidade.

Lisa, uma designer gráfica de 25 anos, com longos cabelos loiros e uma queda por brincos extravagantes, estava folheando entediada uma revista. Ana, uma enfermeira de 24 anos, estava deitada no sofá, folheando seu smartphone.

"Não quero assistir à Netflix novamente neste sábado", Lisa gemeu e jogou a revista de lado. "Temos que fazer alguma coisa!"

Ana levantou o olhar de seu celular. "Sim, também estou entediada. Você tem alguma ideia melhor do que ir aos bares de sempre?"

Naquele momento, o celular de Lisa vibrou. Ela abriu a mensagem e seus olhos se iluminaram.

"Ana, é isso mesmo! O calendário de eventos que assino diz que o parque de diversões está na cidade hoje. Vamos ao parque de diversões!"

Ana se sentou com interesse.

"Parque de diversões? Isso parece divertido! Há muito tempo não vou a uma feira como essa".

"Exatamente!", exclamou Lisa com entusiasmo. "Algodão-doce, carrinhos de bate-bate, talvez até um passeio na roda-gigante. Isso seria algo diferente."

As duas amigas se levantaram e começaram a se arrumar. Lisa escolheu seu short jeans favorito e um top curto, e Ana disse: "Boa ideia, vou me vestir assim também".

"Você não acha que isso é muito sexy?", perguntou Ana enquanto as meninas se olhavam no espelho grande.

"Quem sabe", disse Lisa, "talvez conheçamos alguns caras legais".

Ana riu. "No parque de diversões? Isso seria como um romance brega".

"Às vezes, a vida escreve as melhores histórias!"

As duas amigas partiram com grande expectativa. Quando chegaram, imediatamente ouviram a música, viram muitas pessoas e o cheiro de pipoca e as luzes coloridas os fizeram entrar no clima.

Lisa e Ana estavam prontas para uma noite de aventura.

Marco e Lucas

Marco e Lucas estavam sentados no apartamento de Marco naquele sábado à noite. O arquiteto de 28 anos estava descansando no sofá enquanto seu melhor amigo Lucas, 27 anos e engenheiro elétrico, abria uma garrafa de cerveja.

"Cara, o que vamos fazer hoje?", perguntou Lucas e tomou um grande gole.

Marco encolheu os ombros. "Não sei. Sair no bairro estudantil com todos os pubs e estudantes?"

Naquele momento, o celular de Lucas piscou. Era uma mensagem de seu calendário de eventos: "O parque de diversões de verão começa hoje na Messplatz!"

"Marco, vamos ao parque de diversões!", gritou Lucas com entusiasmo. "Tenho certeza de que veremos algumas garotas bonitas lá."

Marco arqueou a sobrancelha. "Parque de diversões? Que antiquado."

"Ir ao pub também é coisa da velha guarda! Um parque de diversões é a coisa certa", rebateu Lucas. "Carrinhos de bate-bate, roda-gigante, ótima atmosfera. É lá que você conhece as mulheres!"

Após uma breve hesitação, Marco concordou.

"Estamos no verão. Calça jeans e camiseta, é tudo o que você precisa usar. Na verdade, podemos começar imediatamente."

Marco passou rapidamente um pouco de gel no cabelo, enquanto Lucas calçava seus tênis modernos e esperava na porta.

A expectativa aumentou. Os dois amigos estavam prontos para uma aventura no parque de diversões, sem suspeitar que essa noite seria melhor do que o normal.

Nos carrinhos de bate-bate

O parque de diversões estava fervilhando de energia. Luzes coloridas piscavam, a música tocava e os carrinhos de bate-bate eram o ponto de encontro absoluto para paquera e ação.

Marco e Lucas tinham acabado de comprar fichas quando Lucas viu duas garotas.

"Cara, há duas gatas ali", ele sussurrou, acenando com a cabeça na direção de Lisa e Ana, que estavam sentadas em um carrinho de bate-bate.

As meninas colocaram o carro elétrico em posição e esperaram que ele desse a partida. Lisa, com sua blusa minúscula, sentou-se ao volante e olhou fixamente para os jovens que estavam entrando em um carro. Ana percebeu, riu e deu uma piscadela para a amiga.

"A caçada começa", gritou Marco.

"Então você quer brincar!", Lisa gritou e riu alto.

A primeira colisão foi intencional - Marco bateu deliberadamente no carro das meninas. Lisa contra-atacou imediatamente, fez uma curva perfeita e bateu de volta. Lucas acenou para Ana, que acenou de volta, enquanto Lisa e Marco tiveram que se concentrar em dirigir.

Começou uma perseguição desenfreada. Os carros se perseguiam para frente e para trás, batiam uns nos outros, desviavam. Garotas gritando, música alta, luzes piscando - a trilha sonora perfeita para esse momento.

Após o curto passeio, todos estavam sem fôlego de tanto rir. Eles sentiram a adrenalina e a pura alegria de viver.

Quando saíram dos carros, os rapazes se aproximaram das moças e Marco simplesmente perguntou:

"Querem tomar um sorvete?"

"Claro!", responderam Lisa e Ana ao mesmo tempo.

O flerte havia começado.

Sorvete e primeiras conversas

Os quatro caminharam até uma barraca de sorvete, ainda cheios de adrenalina dos carrinhos de bate-bate.

"Eu sou Marco", disse ele, sorrindo para Lisa. "E este é meu amigo Lucas."

"Lisa", respondeu ela com olhos brilhantes e apresentou sua amiga: "E esta é Ana".

Eles pediram sorvete. Lisa tomou de morango, Marco de chocolate, Ana de baunilha e Lucas se atreveu a experimentar melancia com menta.

"Ótimas habilidades de direção", elogiou Lucas e cutucou Ana.

"Você também não foi ruim", ela rebateu com uma risada.

Eles encontraram um banco com vista para a roda-gigante. A conversa fluiu facilmente.

"O que você faz?", perguntou Marco.

Lisa falou sobre seu trabalho como designer gráfica e Ana disse: "Espero que você nunca me veja no trabalho. Sou enfermeira e não quero ver você doente no hospital".

Marco riu e disse: "Sou arquiteto e sempre uso capacete quando vou a um canteiro de obras", e Lucas acrescentou: "Sou engenheiro elétrico e sempre mantenho uma distância segura das linhas de energia".

"Top sexy", disse Marco a Lisa.

"Obrigada, eu mesma o desenhei", respondeu ela com orgulho.

A química rolou. Os olhares se tornaram mais intensos, eles se aproximaram.

"Então, o que vem a seguir?", perguntou Lucas com um sorriso.

A noite ainda estava começando e ninguém queria que acabasse.

Andar na montanha-russa

A montanha-russa se erguia bem acima do parque de diversões. Marco e Lisa, Lucas e Ana subiram juntos. Os vagões eram apertados e os assentos estreitos.

"Pronto?", perguntou Marco, olhando para os olhos azuis de Lisa com um sorriso.

Ela segurou a mão dele. A primeira curva veio - e os pressionou para mais perto um do outro. As forças centrífugas fizeram o resto. Lisa se inclinou contra Marco, Ana se aconchegou a Lucas.

O percurso passava por curvas e voltas. Gritos, risos, corações batendo forte. A proximidade e a tensão entre os casais aumentavam a cada metro.

Quando saíram, suas mãos ainda estavam entrelaçadas. A feira pulsava ao redor deles - música, luzes, tentações.

"Para onde vamos agora?", perguntou Lucas.

A noite era jovem, as possibilidades eram infinitas.

A barraca de tiro ao alvo

Uma barraca de tiro ao alvo exibia prêmios coloridos para serem ganhos. Marco e Lucas trocaram olhares significativos.

"Meninas, permitamos que demonstremos como mirar corretamente", gabou-se Lucas.

Lisa e Ana deram uma risadinha divertida.

"Vamos ver o que vocês têm, rapazes!"

Marco pegou o rifle de ar comprimido. Concentrado, ele mirou no alvo. Pum! Acertou!

Era a vez de Lucas. Com a língua entre os dentes, ele mirou com cuidado. Pum! E também acertou!

O dono da barraca sorriu.

"Respeito, rapazes! Escolham seus prêmios!"

Sem hesitar, ambos apontaram para as rosas vermelhas.

"Para você", disse Marco gentilmente e entregou a rosa a Lisa. Seus dedos se tocaram e uma sensação de formigamento a percorreu.

Lucas fez o mesmo e entregou a flor a Ana de forma galante. "Uma rosa por uma rosa", ele sussurrou.

As meninas coraram, com os olhos brilhando à luz das luzes do parque de diversões.

"Obrigada", Lisa respirou ao levar a rosa ao nariz. O perfume doce se misturou ao cheiro de algodão-doce e à excitação.

A tensão entre eles era quase palpável. A noite havia se tornado tão romântica e nenhum deles queria que terminasse.

Romance na roda-gigante

O parque de diversões transformou a noite em um mar de luzes. As gôndolas da roda-gigante pairavam majestosamente sobre o parque de diversões, com suas luzes coloridas piscando auspiciosamente.

"Pronto para voar alto?", perguntou Marco com uma piscadela.

Lisa assentiu com a cabeça, com o coração batendo mais rápido.

Eles entraram em uma gôndola, Marco e Lisa em uma, Lucas e Ana na outra. Lentamente, a roda começou a girar e eles deixaram o chão para trás.

"Tenho um pouco de medo de altura", confessou Lisa em voz baixa.

Marco gentilmente pegou a mão dela.

"Não se preocupe, estou aqui."

A cada metro, eles viam mais da beleza noturna de sua cidade. Um rio brilhava à distância, as luzes da cidade se espalhavam abaixo deles como um tapete cintilante.

Ao chegar ao topo, a gôndola parou. O momento pareceu congelar.

"Lisa", sussurrou Marco. Ela se virou para ele, com os olhos brilhando no brilho das luzes.

Lentamente, quase em câmera lenta, seus rostos se aproximaram. O coração de Lisa acelerou quando seus lábios finalmente se encontraram. O beijo foi carinhoso, cheio de promessas.

Na gôndola vizinha, Lucas e Ana vivenciaram seu próprio momento mágico. Lucas e Ana sentaram-se juntos em sua gôndola.

A tensão estalou no ar. Lucas se voltou para Ana e seus olhos se encontraram. Lentamente, seus lábios se aproximaram.

O primeiro beijo foi suave, carinhoso. O mundo ao redor deles ficou embaçado, apenas esse momento importava.

Quando a roda começou a se mover novamente, os casais estavam nos braços um do outro. A cidade girava sob eles, mas, para os amantes, o mundo estava parado.

Quando chegaram ao fundo, saíram, de mãos dadas. Os casais se aproximaram um do outro, todos com um sorriso cúmplice.

"Então, como foi lá em cima?", perguntou Lucas com um sorriso.

"Impressionante", respondeu Marco sem tirar os olhos de Lisa.

A feira continuava a pulsar ao redor deles, mas um novo e empolgante capítulo havia acabado de começar para os quatro jovens.

Dança e paixão

A noite ainda era jovem quando Marco, Lisa, Lucas e Ana descobriram uma cervejaria escondida entre as árvores e uma cerca de madeira na beira do parque de diversões. Luzes coloridas de fadas se estendiam pela pista de dança e os sucessos das discotecas dos anos 80 enchiam o ar.

"Vamos dançar?", Marco perguntou ao grupo e todos se manifestaram a favor.

A música de sucessos como "Billie Jean" e "Like a Virgin" tocava nos alto-falantes. A pista de dança estava cheia de pessoas. Marco puxou Lisa em sua direção, seus corpos se movendo perfeitamente no ritmo. Lucas e Ana dançavam lado a lado, olhando profundamente nos olhos um do outro.

Depois de alguns copos, a atmosfera ficou mais exuberante. Os casais se beijavam entre os intervalos da dança, e o parque de diversões ao redor deles ficava embaçado.

"Não acredito que nos encontramos por acaso esta noite", sussurrou Lisa no ouvido de Marco.

Ele sorriu: "Às vezes, o destino escreve as melhores histórias".

A noite foi cheia de promessas, paixão e momentos inesperados.

Despedida e promessa

A festa na pista de dança da feira ainda estava animada quando os funcionários começaram a fechar as barracas.

Marco, Lisa, Lucas e Ana sabiam que a noite mágica estava chegando ao fim.

"Temos que nos ver de novo", disse Marco a Lisa.

Eles trocaram números de telefone e imediatamente criaram um grupo no WhatsApp chamado "Feira". Dessa forma, todos sabiam os números de telefone dos outros membros e tinham a garantia de que poderiam manter contato.

Os meninos acompanharam as meninas até a saída do parque de diversões. Do lado de fora, Ana chamou um táxi. Enquanto esperavam, os casais aproveitaram ao máximo os últimos momentos. Beijos quentes e apaixonados se fundiram sob as luzes coloridas do parque de diversões quase vazio.

O táxi chegou. Os casais recém-apaixonados se separaram com a promessa de se encontrarem novamente em breve.

Quando Lisa e Ana chegaram em casa, não conseguiam parar de falar sobre os homens que haviam conhecido.

Lisa pegou seu celular e escreveu para o grupo do parque de diversões:

"Outra feira amanhã?"

Todos responderam quase simultaneamente:

"Sim!"

As mensagens voavam de um lado para o outro, cheias de expectativa para a noite seguinte.

A noite estava terminando, mas a história de amor dos dois casais estava apenas começando.

Mais livros do autor

Se você gostou dessa história romântica e brega de parque de diversões, certamente gostará de outros contos criados por Ulrich Germania.

Algumas das histórias de amor mais recentes foram escritas em colaboração com vários assistentes de IA, outras foram escritas pelo autor totalmente sem a ajuda da IA. Muitas das histórias falam de encontros românticos em lugares incomuns.

Até o momento, foram publicadas as seguintes histórias:

Feira de Corações
História curta e brega de um parque de diversões. (este livro)

Médicos na Feira
Não é um romance de médico, mas quase.

A Deusa do Amor na Feira
Um parque de diversões com um toque místico

A Deusa do
Amor
na Feira
Ulrich Germania

Médicos
na Feira
Ulrich Germania

PRIMEIRO
A VINGANCA,
DEPOIS A NOIVA
ULRICH
GERMANIA

www.ingramcontent.com/pod-product-compliance
Lightning Source LLC
La Vergne TN
LVHW041525190726
843491LV00009B/2928

* 9 7 8 3 8 1 9 2 2 6 8 5 4 *